¿Dónde está mi zapato?

kalandraka

Título original: **One, Two, Three, Where's my Shoe**

Colección libros para soñar®

Publicado por primera vez en 1964 por Harper & Row, Nueva York
Copyright © 2013 by Diogenes Verlag AG Zürich. All rights reserved
© de la traducción: Xosé Ballesteros, 2014
© de esta edición: Kalandraka Ediciones Andalucía, 2014
Avión Cuatro Vientos, 7. 41013 Sevilla
Telefax: 954 095 558
andalucia@kalandraka.com
www.kalandraka.com

Impreso en Gráficas Anduriña, Poio
Primera edición: junio, 2014
ISBN: 978-84-92608-59-1
DL: SE 1052-2014
Reservados todos los derechos

MIXTO
Papel procedente de
fuentes responsables
FSC® C104983
www.fsc.org

TOMI UNGERER

¿Dónde está mi zapato?

kalandraka

Para Spencer

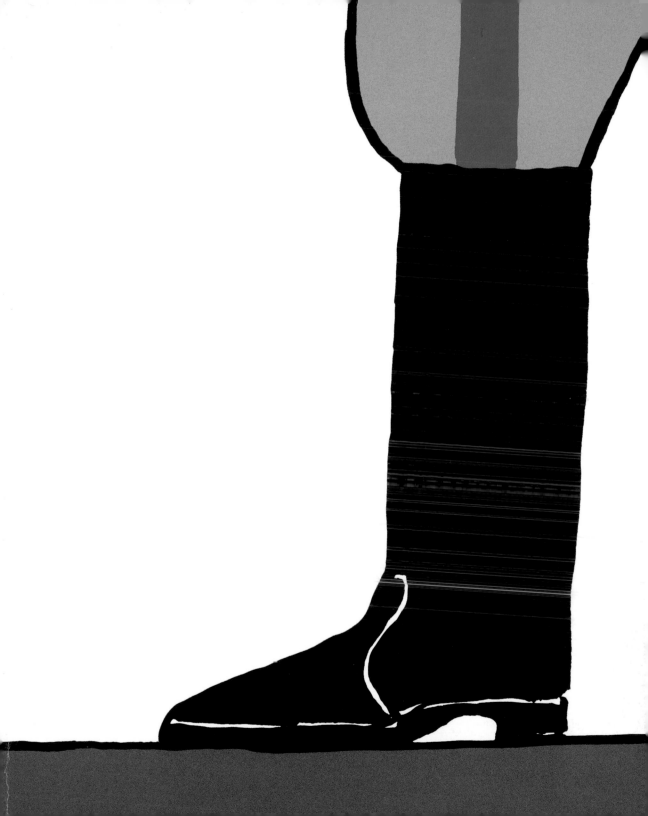

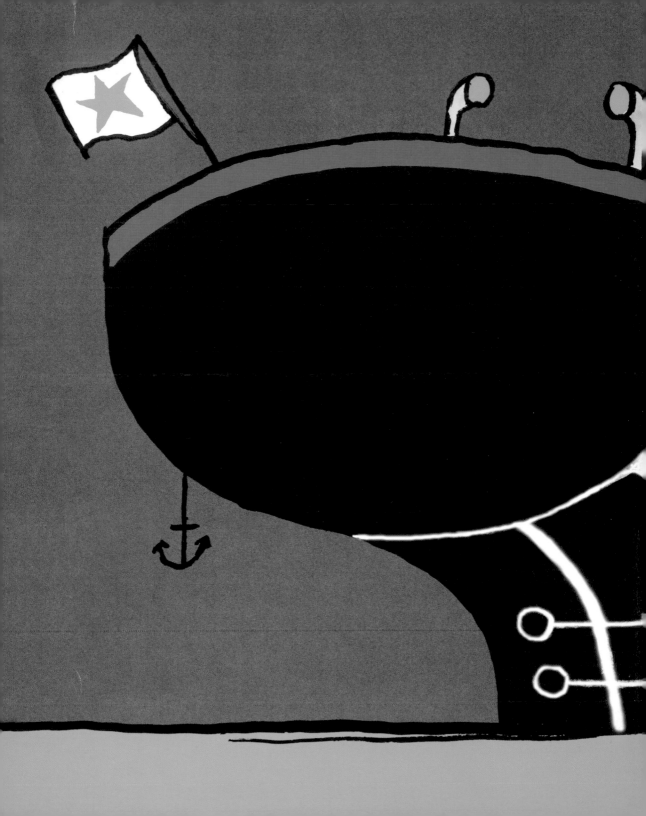

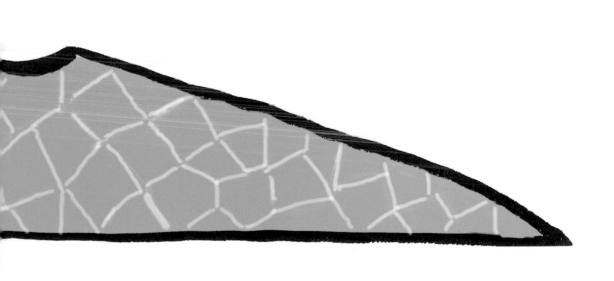

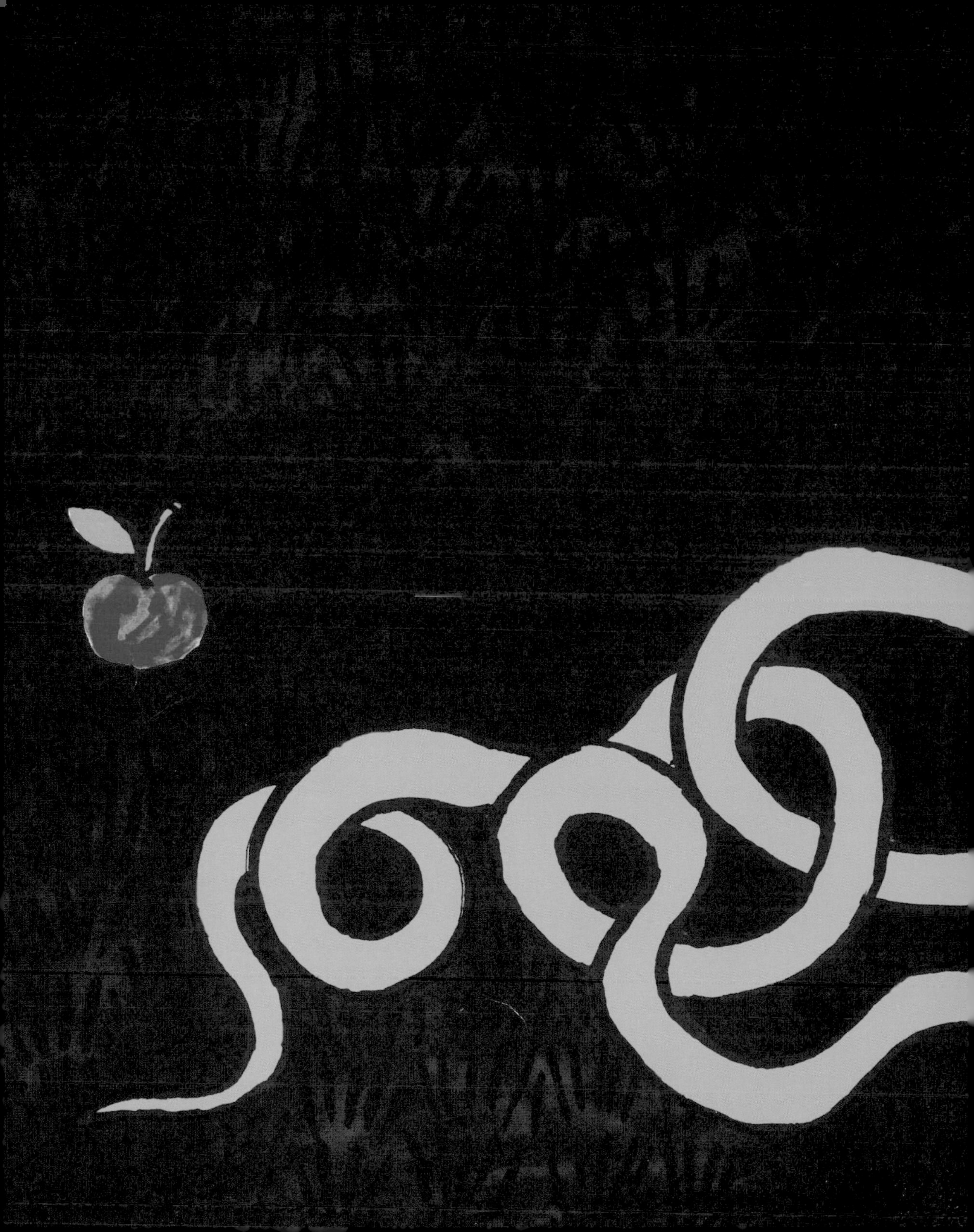

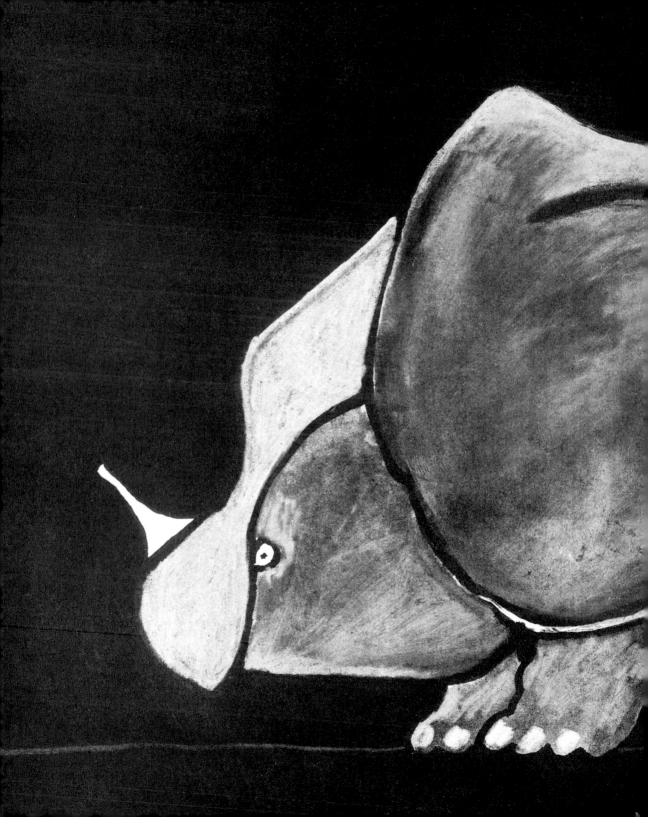

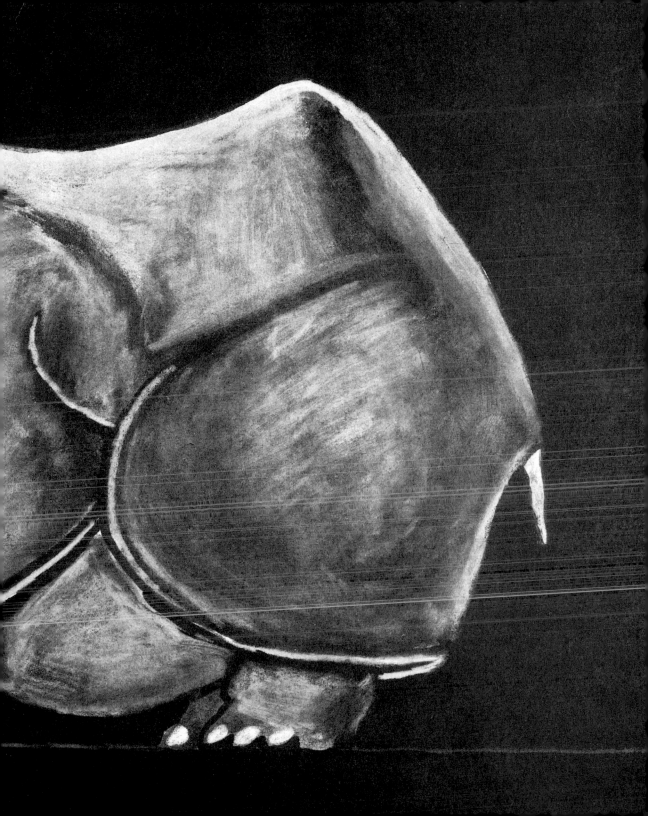

Cinco,
seis
y siete,

lo encontré
en un periquete.